AF473412

DE SAINT-DOMINGUE, CONSIDÉRÉ SOUS LE POINT DE VUE DE SA RESTAURATION PROCHAINE;

OPINION COMMUNIQUÉE, A CE SUJET, PAR UN HABITANT DE CETTE ILE, A UN NÉGOCIANT D'UNE DE NOS PRINCIPALES VILLES DE COMMERCE.

« Saint-Domingue vaut un royaume. »

Extrait de la correspondance de M. FRANÇOIS DE NEUFCHATEAU, *ancien Procureur-général du Conseil supérieur du Cap-Français.*

PAR M. BERQUIN (de Saint-Domingue).

PARIS,

Chez C. L. F. PANCKOUCKE, rue et hôtel Serpente, n°. 16.
Et les marchands de Nouveautés.

1814 (Juillet).

DE SAINT-DOMINGUE,

CONSIDÉRÉ SOUS LE POINT DE VUE DE SA RESTAURATION PROCHAINE (1).

Paris, 1er. juillet 1814.

Vous attendez avec impatience, à ce que vous me marquez, mon respectable ami, par la dernière lettre que j'ai reçue de vous, une réponse bien détaillée, de ma part, à l'article principal de cette lettre, où toute votre attention se porte, avec une sollicitude et un intérêt conformes aux sentimens de tout bon Français, sur ce qui con-

(1) Le ton de franchise austère et d'une teinte, en quelque sorte, américaine, qui règne en ce petit ouvrage, indisposera vraisemblablement quelques personnes intéressées à trouver mauvais ce ton-là; mais, d'autre part, il ne pourra manquer de plaire aux amateurs de la vérité, pour qui, spécialement, cet opuscule est fait, et à qui il est adressé.

cerne, en général, les colonies qui nous restent, et, notamment, celle de Saint-Domingue. Après avoir laissé librement s'exprimer votre cœur, dirigé par un esprit juste et éclairé, sur les actes aussi importans que mémorables, qui, dans le bref délai de cinq jours, ont signalé pour jamais les heureuses époques des 30 mai et 4 juin derniers, savoir, la paix générale de la France avec l'Europe entière, et la charte constitutionnelle de l'État, vous m'engagez, avec une instance obligeante, à vous communiquer mes réflexions sur les résultats présumables, à l'égard de nos colonies, de ces deux inappréciables bienfaits assurés à la France par son vertueux monarque. « Vous êtes à Paris, me « dites-vous, tout près du mouvement central « des mesures politiques, et, par conséquent, « bien plus à même que nous, qui en sommes « à cent cinquante lieues, d'en observer le cours « et d'en préjuger les effets ».

Voilà comme, à travers un prisme magique, on se fait souvent illusion sur la nature des choses qu'on ne peut considérer que de loin;

voilà comme, à cet égard, on adopte une erreur attachée à la position où l'on se trouve en pareil cas ; voilà comme , enfin , du lieu où vous êtes , vous m'attribuez la faculté , la possibilité d'observer exactement ce qui n'est pas plus visible à mes yeux, quoique placé à leur portée et les atteignant, pour ainsi dire, qu'aux vôtres, par exemple, qu'un vaste espace en tient éloignés. Eh ! comment cela pourrait-il être autrement, lorsqu'un voile impénétrable est étendu entre ma vue et l'objet qu'elle recherche ?

Nous ne sommes point en Angleterre, où les délibérations publiques du Parlement et la vraie liberté de la presse dans toute sa plénitude, mettent, jour par jour, chaque citoyen à même de connaître à fond les intérêts généraux et particuliers de son pays, et d'en raisonner conséquemment. Ici tout se prépare, tout se forge, tout se consomme enfin, tant bien que mal, dans le sombre intérieur des cabinets ministériels (1) ; et l'ouvrage, bon ou

---

(1) Une preuve évidente, et qui vient d'être acquise

mauvais, ne vient à la connaissance du public, que lorsqu'il est tout à fait achevé, et, d'après

---

à l'instant même, de ce qu'avance ici l'auteur, relativement à la marche anfractueuse, invisible, des ministères, en ce qui a, du moins, un rapport direct avec celui de la marine et des colonies, est ce qui a eu lieu, tout récemment, à l'ombre du plus profond mystère, dans ce département de l'administration publique. Voici le fait; il est positif; et l'auteur en garantit la réalité. Trois particuliers, savoir, MM. Médina, Dauxion-Lavaysse, et Herman-Draveman, le premier, espagnol, à ce que je crois, et les deux autres, du midi de la France, chargés collectivement, par le ministre de la marine et des colonies, d'aller traiter avec les chefs noirs et de couleur de Saint-Domingue, pour la reddition de cette colonie à l'autorité du Roi, sont partis, depuis peu, de Falmouth, port d'Angleterre, pour Kingstown, île de la Jamaïque, et, de là, se rendront au Port-au-Prince, île de Saint-Domingue, d'où ils tâcheront de s'aboucher avec Pétion, Christophe, etc., pour remplir l'objet de leur mission, et en rendre compte au ministère dans le temps et de la manière qu'ils le pourront. Tout cela s'est préparé, s'est effectué, à l'insu des Colons de Saint-Domingue réfugiés en foule à Paris, et auxquels ces trois messieurs sont, à bien dire, inconnus. Pour une mission de cette importance, quels faibles et obscurs moyens! Quelle lenteur infaillible dans leur exécution! Et, finalement, quelle voie a-t-on employée pour les réaliser!

cela, tel qu'il doit subsister invariablement, quels que puissent être ses résultats.

Nous n'avons point encore un véritable Conseil d'État (1), où tous les projets, tous les plans, toutes les propositions de choses et d'hommes propres à les exécuter, soient, tour-à-tour,

---

Celle de l'Angleterre . . . . de l'Angleterre! C'est assez en dire. O pauvres Colons de Saint-Domingue, où en êtes-vous encore, après vingt-trois années consécutives de désastres inouis, et quel sera, donc, le terme de vos affreux malheurs, s'il faut, grand dieu! que vous soyez réduits à l'attendre d'une pareille voie? C'est bien là, sans doute, pour chacun de vous, en particulier, le cas de dire hautement :

Quidquid id est, timeo Danaos *et dona ferentes.*

(1) Cet opuscule a été composé, du 18 au 25 du mois dernier, et devait être publié le 1er de ce mois-ci; mais des retards imprévus et dont il est inutile d'assigner ici la cause, ont empêché qu'il ne parût au temps indiqué. Sur ces entrefaites, et le 5 de juillet, s'est effectuée la formation du Conseil d'Etat, ainsi que l'idée en est ici présentée, et tel que ce respectable corps existe aujourd'hui, quant à sa forme du moins. Il est donc vrai que l'auteur de cet opuscule a prévu, le 25 du mois de juin, ce qui n'a eu lieu que le 5 du mois de juillet; et, certes, il n'était point alors, plus qu'il ne l'est à présent, dans le secret des opérations d'état.

examinés, discutés, arrêtés définitivement sous les yeux du monarque, avec une franchise d'opinions, une liberté de sentimens, gages certains de l'amour du bien public et sûrs moyens de l'opérer. Cela viendra, sans doute : au moins avons-nous droit de l'espérer sous la paternelle autorité d'un souverain bienfaisant qui, dès l'instant de son réveil jusqu'à celui où le repos succède pour lui à une journée utilement remplie, a toujours, présente à son cœur, la douce pensée d'assurer le bonheur de ses sujets si long-temps infortunés, bonheur auquel tient le sien propre.

En attendant cette belle et sage organisation d'un Conseil d'État, composé d'hommes distingués par leurs lumières et leurs vertus (et, quoi qu'on en dise, il ne manque point encore de pareils hommes en France, où le point essentiel est de les reconnaître), environnant le monarque et partageant ses travaux, dans toutes les parties de l'administration publique, nous restons subordonnés au minutieux, à l'arbitraire, au versatile régime de la bureaucratie, à l'esprit d'intrigue et de mystère qui le suit, et à la délétère influence d'une complication de ressorts cachés qui donne le mouvement à toute la machine politique, au grand détriment du bien général. Ainsi paraît et se développe actuellement le vaste et accroissant pouvoir des différens ministres, qui, néanmoins, d'après l'essence formelle de leur établissement, ne devraient être, en réalité, que de simples Secrétaires d'État, dans la stricte acception du mot, des exécuteurs et non des faiseurs, rendant compte au Souverain, devant son Conseil d'État ou en son particulier, suivant qu'il le juge à propos, des opérations qui leur auraient été confiées, et lui faisant part, tout au plus, des vues qu'ils auraient pu concevoir dans l'étendue de leurs départemens respectifs, mais n'allant pas au-delà.

Oui, c'est ce Conseil d'État ainsi composé, divisé par sections, dans le travail afférant à chaque branche de l'administration, et réuni en corps auprès du Souverain, devant qui tout ce travail est rapporté ; c'est, n'en doutons pas, cet auguste et précieux établissement qui doit, bientôt, combler les vœux de la nation, en coopérant directement avec le monarque au développement de la prospérité publique. C'est cet utile corps d'hommes éclairés et sincèrement attachés à leur patrie (devant laquelle tout intérêt particulier n'est rien), qui doit bientôt centraliser le mouvement général des affaires, et lui communiquer, sous les ordres et avec l'impulsion du prince, une marche uniforme et salutaire.

Venons-en maintenant aux Colonies, objet direct de ma réponse à votre lettre. Au reste, je ne vous parlerai ici que de celles, au nombre de trois, qui nous touchent de plus près et nous intéressent davantage en ce moment, ces trois colonies situées dans l'archipel américain des Antilles ; seules possessions qui restent encore à la France, dans ce vaste et considérable archipel, et qui sont la Partie française de Saint-Domingue, la Martinique et la Guadeloupe. Quant aux îles de la Dominique, de la Grenade, de Sainte-Lucie, et de Tabago, sises dans ce même archipel, les deux premières n'existent plus, pour la France, depuis long-temps, et, de même, elle vient de perdre irrévocablement et à jamais, sans doute, les deux dernières, toutes les quatre ainsi tombées en la possession immuable de sa fière et heureuse rivale.

Laissons de côté les deux autres objets qui forment l'absolu complément de tous les établissemens coloniaux appartenans encore à la France, et dans le nouveau monde et dans l'ancien, savoir, d'une part, sur le continent de l'Amérique, à quelques degrés de la ligne équinoxiale, le territoire funeste de la Guyane française, auquel tient, par sa position limitrophe, le coin de terre qu'on est convenu d'appeler île de Cayenne, et, de l'autre, par delà le continent d'Afrique, isolée et comme perdue dans l'immense océan, la petite île de Bourbon, désormais détachée de son ancienne compagne, l'Ile-de-France, par le changement de gouvernement qui enlève cette dernière à sa métropole (avec laquelle il ne lui reste à présent de commun que le nom), et qui élève actuellement, entre ces deux îles, une barrière plus forte que celle du bras de mer qu'il faut franchir pour passer de l'une à l'autre de ces îles, si bien faites, cependant, toutes deux, et par leur situation respective, et par les noms chéris et concordans qu'elles portent, et par tant d'autres liens précieux qui les attachaient réciproquement, pour demeurer à jamais unies sous les mêmes lois et le même prince, au sein maternel de la même patrie.

Faisant donc abstraction de tout le reste, et nous occupant, privativement, de nos trois Antilles, commençons d'abord par celles de la Martinique et de la Guadeloupe, pour fixer ensuite toute notre attention, et nous étendre, avec l'exactitude et le soin que comporte le sujet, sur la célèbre et importante colonie de Saint-Domingue, sur cette colonie, dont, pour tout dire en peu de mots, à l'époque de son plus haut degré d'opulence et de splendeur, en 1790, le produit territorial appartenant à cette même année, s'éleva à une valeur d'à peu près deux cent millions de francs, produit annuel qui, sans le fléau de la révolution française, aurait encore, par la suite, été poussé bien au-delà.

Relativement aux îles de la Martinique et de

la Guadeloupe, que vous dirai-je à leur sujet, sinon qu'il y a quinze jours, au moins, que l'organisation qui les concerne était déjà presque achevée, à l'ombre du cabinet ministériel, et qu'en conséquence, au moment où je vous écris, elle doit l'être tout à fait, supposé que, dans la confection de l'ouvrage, et sous le point de vue de la rapidité de l'exécution, la fin corresponde au commencement? C'est, du reste, ce qu'a hautement déclaré, en ma présence et en celle de vingt autres personnes, le directeur en chef, actuel, de la Division des colonies, qui, dans l'une de ses dernières audiences publiques, dit au solliciteur d'une place pour la Martinique ou la Guadeloupe, se présentant à lui son placet à la main : « Ah! monsieur, vous vous y prenez « trop tard; le travail concernant les îles du Vent « touche à sa fin; et tous les emplois pour ces îles « sont déjà fixés et donnés : il n'y a plus que « Saint-Domingue à organiser. »

Ce propos, si ce n'est en termes exprès, au moins en substance, a été tenu le 16 du mois de juin, c'est-à-dire, le dix-septième jour après la signature du traité de paix avec l'Angleterre, par un des articles duquel traité ces deux îles, de la Martinique et de la Guadeloupe, doivent être remises à la France dans un délai déterminé, et qui est loin encore d'être accompli. C'est vraiment aller bien vîte en besogne, et ne pas perdre un moment de temps sur un objet aussi essentiel que celui qui tient au choix et à la nomination de fonctionnaires publics dans des établissemens d'outre-mer, arrachés, depuis plusieurs années, à la France, et qui, même, aux termes du traité, ne doivent lui être rendus que dans les trois mois qui suivront sa ratification complète, et, par conséquent, en septembre prochain, suivant toute apparence.

Et voilà qu'en secret et de la manière la plus précipitée, la plus hâtive, la plus dégagée enfin de tout examen, de toute combinaison préalable et si nécessaire en pareil cas, tout s'organise à l'égard de ces colonies, qui ne sont point encore à nous, ou du moins à notre disposition. Les fonctionnaires, en attendant, sont toujours nommés, depuis A jusqu'à Z, et prendront place, chacun en son rang, sur le lieu de la scène, aussitôt que les portes leur en seront ouvertes. Mais ce choix, ainsi fait, des administrateurs, sera-t-il en rapport avec le bien-être des administrés ? Qu'importe ; le ministère a rempli le cadre à sa convenance, et il n'en faut pas davantage ; l'œuvre est terminée ; et l'on dit gravement aux derniers venus qui se présentent, avec des droits légitimes ou non, pour occuper ces mêmes places : « Messieurs, vous n'êtes point arrivés à temps ; « tout est distribué, tout est pris : c'est bien dommage, au moins pour vous autres. Il y a quinze « jours que la paix est signée ; vous sentez bien « qu'en une telle occurence il faut s'occuper des « plus pressés ; et c'est, aussi, comme vous le « voyez, ce qu'on a fait : recevez-en, messieurs, « pour ce qui vous intéresse, nos complimens « de condoléance. »

Tel est, en résumé, l'état des choses à l'égard de la Martinique et de la Guadeloupe ; du moins, quant à présent, je n'en sais pas davantage. Au reste, il se peut bien faire qu'il n'y ait point de réalité dans cette prétendue organisation qui leur est attribuée, et dont je viens de vous faire part; mais ce qui est positif et foncièrement vrai, c'est l'authentique déclaration que j'ai ouï faire à ce sujet, le 16 du mois dernier, de la manière la plus expresse, et telle, en un mot, que je vous l'ai rapportée. Et si (chose très-possible au fonds) une semblable déclaration n'est, en elle-même et dans le fait, qu'une mesure évasive, un spécieux moyen de se débarrasser de tels et tels solliciteurs importuns, pour se ménager, par là, plus de latitude et dans les vues secrettes et dans le travail particulier qui tiennent à l'organisation générale de ces colonies, alors, et dans ce cas, je ne vais pas outre et je me tais, pour diverses raisons qu'il serait inutile de déduire ici, n'ayant rien de plus à dire (à l'heure qu'il est, du moins) sur cette délicate matière, et même en ayant, sans doute, assez dit pour être suffisamment entendu de vous. L'expérience et le temps nous instruiront, de reste, à cet égard; et plaise au ciel que l'instruction qui sera donnée en cela, par ces deux grands maîtres, ait un résultat favorable et aussi avantageux à la métropole qu'à ces colonies ! C'est par ce vœu, profondément émané de mon cœur, que je terminerai ces observations sommaires au sujet de la Martinique et de la Guadeloupe.

Quant à ce qui concerne Saint-Domingue, eh ! que savons-nous encore des mesures qui seront prises pour parvenir à la pacification d'une aussi importante colonie, et à sa prochaine restauration, nous, infortunés habitans de cette île, nous, qui avons néanmoins un si vif intérêt aux graves résultats que doivent produire de telles mesures, d'où dépendent essentiellement et en totalité, le sort futur d'un établissement si digne, à tous égards, de la considération du gouvernement, et, en grande partie, celui du commerce maritime de la métropole, dont la prospérité se lie si étroitement à celle de cette même colonie ; nous, enfin, qui, par une suite du malheur obstiné dont nous ressentons les coups depuis si long-temps, n'avons pu obtenir encore, du ministère des colonies, la douce faculté, l'honneur, si justement recherché, d'offrir nos respectueux hommages à notre auguste souverain, au digne frère de ce bon roi, le père des colons français, de feu Louis XVI d'éternelle mémoire, malgré toutes les démarches réitérées que nous avons jusqu'à présent faites à ce sujet?

Tantôt, nous entendons dire que le gouvernement se propose d'envoyer incessamment, en cette colonie, des Commissaires royaux, pour y préparer les voies de la pacification et le retour de l'ordre, sans commotion violente, sans l'emploi, dispendieux et terrible, des moyens de rigueur. Tantôt, on parle tout autrement, et le texte change du blanc au noir; plus de Commissaires pacificateurs, plus d'arrangemens amiables, plus de ces remèdes doux et curatifs, appropriés à la force et à l'intensité du mal, plus, enfin, de ces partis moyens, de ces mezzo-terminés, qui, dit-on, répugneraient à la dignité du gouvernement, qui annonceraient, non de l'indulgence, mais de la faiblesse de sa part, et qu'en conséquence il ne lui convient point d'adopter dans les circonstances actuelles. Il faut, au contraire, d'après cette même version, il faut en venir, sans retard, aux mesures si efficacement employées déjà en 1802; il faut, étalant, de rechef, un imposant appareil militaire et la pompe asiatique dont fut revêtue cette première expédition, où vingt officiers généraux (chacun d'eux entouré d'un nombreux état-major et dirigé par des principes communs d'indépendance, quoique reconnaissant, pour la forme, un chef supérieur) agissaient, à peu près, suivant leur convenance et à leur gré; il faut, dit-on, se réglant sur cette marche, et la prenant pour modèle et pour guide, envoyer promptement, à Saint-Domingue, vingt mille baïonnettes et deux cents pièces de canon de campagne, avec l'assortiment, en hommes et munitions, analogue et correspondant à un pareil envoi, sous l'actif commandement et la manœuvre habile de tel chef (1) militaire, qui, après avoir contribué,

(1) Ce n'est point sous de pareils traits que se présentent, à nos yeux, plusieurs de nos grands hommes de guerre, immortel honneur de nos armes, et vrais chevaliers français, tels, par exemple, que les généraux

plus ou moins, à bouleverser l'Europe, du nord au midi, saura bien, si on lui donne carte blanche à ce sujet (et nécessairement les pouvoirs à conférer en pareil cas doivent avoir une ample extension), saura bien, n'en doutons pas, en faire autant par-delà les mers, et achever la subversion de cette infortunée colonie; pourvu, néanmoins, que le poison exotique de la fièvre jaune introduit au sein des villes, par la négligence totale des mesures sanitaires, et le fer des noirs réfugiés dans les montagnes et se précipitant de là, comme des torrens, dans les plaines et jusqu'aux portes de ces mêmes villes, ne parviennent point encore à purger, dans l'espace de dix-huit mois au plus, le sol de cette île (comme on l'a déjà vu et malheureusement éprouvé il y a onze à douze ans), de cet amas de pacificateurs effrénés, de cette nouvelle

---

Macdonald, Moncey, Gouvion-Saint-Cyr, etc. Ce sont, là, des chefs dont la conduite militaire est faite pour servir d'exemple à tous ceux de nos jeunes guerriers qui ambitionnent l'éclatant mais sévère honneur du commandement.

croisade entreprise avec autant d'imprudence et de fol espoir que le fut la première, et qui, marchant aveuglément sur ses funestes traces, aura, suivant toute apparence, une même fin.

« Mais, enfin, me direz-vous, quel parti « prendre, en ce moment, à l'égard de Saint-« Domingue ? » Il en peut bien exister plusieurs de convenables aux circonstances, et propres à être employés avec plus ou moins d'efficacité ; je n'en disconviens pas. Quant à moi, je n'en vois qu'un seul qui, à mes yeux, présente et promette une issue avantageuse, et que je vais exposer ici le plus brièvement qu'il me sera possible, et avec autant d'ordre et de méthode que je pourrai en apporter dans un sujet aussi digne, en tout point, de méditation. Le plan que j'ai en vue est de nature mixte, et réunit en lui, ce qu'ont de propre en eux-mêmes et de distinct entre eux les deux autres plans dont je viens de faire le rapport, savoir, les moyens de conciliation et ceux de rigueur ; les premiers, destinés à être mis d'abord, et de préférence indispensable, en action, et les seconds, tenus en réserve, contribuant essentiellement, par leur présence, à en imposer et à faciliter, sous ce point de vue, le succès des premiers, et ne devant, enfin, être employés que dans le cas, bien prononcé, d'une absolue nécessité. Voici quel est ce plan.

Que le gouvernement prépare, pour les premiers jours du mois d'octobre prochain (et j'exposerai, plus bas, les raisons d'après lesquelles j'indique et je précise ainsi, pour l'objet dont il s'agit, le commencement de ce mois), une expédition militaire de six à huit mille hommes, au plus, de bonnes troupes, sous le commandement principal d'un officier supérieur qui connaisse déjà Saint-Domingue, et dont le mérite personnel soit, à tous égards, suffisamment connu. Que ce chef militaire soit revêtu du titre de Gouverneur-général de la colonie, avec d'amples pouvoirs et des instructions détaillées pour tout ce qui concerne l'exercice de sa place à Saint-Domingue, en qualité de représentant immédiat du roi.

Que, pour l'administration civile du pays, il soit nommé, pareillement, un Intendant-général, qui ait déjà fait ses preuves et de talens et d'habileté dans la colonie, et qui, uni au Gouverneur-général (de façon que chacun des deux coopère au bien commun, dans la partie qui lui aura été spécialement affectée, mais avec cette restriction formelle, que le pouvoir central et exécutif reste toujours, pleinement, entre les mains de ce dernier, agent immédiat du monarque), puisse, avec efficacité, l'aider et le servir dans l'œuvre importante de la parfaite pacification et de la restauration prochaine de Saint-Domingue, œuvre au développement et à la confection de laquelle contribueront encore, et de la manière la plus expresse, l'assistance et le concours des lumières et des bonnes intentions d'un Conseil probe et instruit, qui sera composé, autant, du moins, que cela se pourra faire, d'anciens colons, renommés par leur expérience et leur moralité.

Que, de la réunion de ces deux Chefs principaux et de ce Conseil colonial, émanent tous les actes provisoires et toutes les mesures de circonstances, qui, inspirés, sur le théâtre même de leurs opérations, et non point ailleurs, par le sentiment intime, et justement fondé, que produirait, alors, en eux, l'examen des convenances inhérentes au temps et aux lieux, ainsi qu'à l'intérêt général (devant lequel tout intérêt particulier doit se taire), ne pourront avoir que les plus heureux effets, et mériter, en conséquence, l'entière approbation du Souverain et les suffrages universels de la nation, auxquels se joindront aussi, tôt ou tard, ceux de tous les colons eux-mêmes, heureux enfin de pouvoir cultiver désormais, avec sécurité, leurs propriétés si longtemps livrées à des mains spoliatrices et qui ne leur en tenaient aucun compte.

Et, de tous ces actes provisoires, de toutes ces mesures exigées absolument par les circonstances et par l'impérieuse loi de la nécessité, je n'en vois pas de plus efficace, de plus propre à hâter la pacification générale de la colonie, et son prompt rétablissement, que la réception, à la solde et à la disposition du gouvernement français (avec telles réserves qu'exigera, sous divers points de vue, une pareille mesure), de tout le corps de troupes noires et de couleur existant encore à Saint-Domingue, et qui peut être de quinze à vingt mille hommes, au plus, si, même, il n'est pas actuellement au-dessous de ce nombre; lequel corps de troupes, avec ses chefs, sera, dès-lors, employé dans la colonie, ainsi que le jugera convenable le Gouverneur-général, représentant de Sa Majesté. J'ose assurer que la réalisation d'une telle mesure, d'après les notes et indications reçues, à ce sujet, de la part du général Pétion et des autres principaux chefs, et mûrement réfléchies, amenerait l'ordre et la paix dans l'intérieur de la colonie, avant l'expiration complète des trois mois qui suivraient la promulgation authentique de cette grande et salutaire détermination.

Qu'au surplus (et cette précaution est essentielle) ces deux administrateurs, militaire et civil, ainsi nommés par Sa Majesté, soient consultés, l'un et l'autre, et chacun d'eux en ce qui le concerne, sur le choix à faire de tous ceux qui seront employés sous leurs ordres à Saint-Domingue, ou, du moins, des principaux fonctionnaires d'entr'eux; afin que, dans une expédition, dont l'issue doit déterminer le sort de la colonie, en bien ou en mal, et influer considérablement sur les plus grands intérêts de la métropole, tout s'organise, tout marche, d'après l'impulsion d'une volonté commune, émanant du même principe, et dont rien, par conséquent, ne puisse entraver l'action.

Que, surtout, au nombre de ces fonctionnaires publics, se trouve un corps de vertueux et zélés missionnaires, ardemment disposés à répandre, au sein de la population noire de Saint-Domingue, les salutaires principes de la morale et de la religion, dont ils seraient les dignes organes, et destinés à remplir incessamment les cures et les vicariats de la colonie, sous la direction d'un préfet ecclésiastique ou d'un évêque, élu, à cet effet, par le monarque et confirmé par le souverain pontife, lequel évêque ou préfet partirait, avec ces missionnaires, dans cette même expédition destinée pour Saint-Domingue. Le nègre est foncièrement religieux, et céderait plutôt encore à l'empire de la douceur et de la persuasion exercé sur lui par d'intègres ministres de l'Eglise, qu'à celui de la violence et de la force, déployé, sans ménagement, par des milliers de bras armés contre sa malheureuse existence. On ne saurait, donc, attacher trop de valeur à ce précieux et efficace moyen de restauration coloniale, et en recommander trop instamment le salutaire emploi.

Que, pour le soin à donner aux malades et le service des hôpitaux, indépendamment des secours indispensables en pareil cas, que l'on trouvera dans le zèle et les talens d'habiles médecins et de chirurgiens expérimentés qui seront adjoints à cette expédition, la religion vienne encore à l'appui de l'humanité, pour la consoler dans ses peines et la soulager dans ses souffrances, en présentant au gouvernement un bien sûr, un bien utile moyen de parvenir à ce but vraiment glorieux, vraiment digne, à tous égards, d'un hommage public, celui qui résulte des services purs et désintéressés que rendrait, en cette circonstance importante, une congrégation de ces respectables filles, inspirées par le sentiment d'une véritable et active piété, consacrées essentiellement aux veilles et aux soins assidus que réclament d'elles, en gémissant, des voix aigries par le trait poignant de la douleur ou affaiblies par l'intensité du mal, qui n'existent, à bien dire, que pour rappeler l'homme à la vie, et qui, répandues obscurément sur tous les points de la métropole, où elles opèrent, en silence et sans éclat, tant de bien, y sont connues, à juste titre, sous le digne et vénérable nom de Soeurs de la Charité.

Qu'enfin cette expédition, ainsi préparée au temps ci-dessus indiqué, soit directement adressée au Port-au-Prince, capitale de la province de l'Ouest et de toute la colonie, et résidence habituelle du général Pétion, aux ordres duquel sont les deux provinces limitrophes de l'Ouest et du Sud, qui forment, par leur étendue, les trois quarts, au moins, de cette colonie, et qui constituent, entre elles, un ensemble, un tout lié par ses communications et par ses rapports, et absolument indépendant de la province du Nord, dont elles sont, presque en totalité, séparées et détachées par l'interposition d'une partie du territoire espagnol de Saint-Domingue. La soumission, déjà présumée avec assez de probabilité, de ce principal chef des provinces de l'Ouest et du Sud, à des conditions qui seraient aussi honorables qu'avantageuses pour lui, et convenables, en tout, aux circonstances, assurerait, d'abord et presque sans aucun obstacle, ces deux parties intéressantes de la colonie, au pouvoir de Sa Majesté, et servirait peut-être d'exemple à celle de ce violent et irréconciliable ennemi de Pétion, de ce fameux Christophe, chef de la belle et importante province du Nord. Dans le cas opposé, avec le concours indubitable des moyens que présenterait avec joie Pétion, pour abattre son fier et dangereux adversaire, et par l'effet presque certain de la proclamation qui appellerait dès-lors au service de Sa Majesté toutes les troupes coloniales indistinctement, et ne tarderait point à opérer la défection, sinon complète, au moins partielle, des soldats engagés sous la bannière de CHRISTOPHE, on voit combien s'applanirait ainsi la pacification de la province du Nord, à l'instar de celle des provinces de l'Ouest et du Sud, sans que, vraisemblablement, on fût obligé d'en venir, pour l'achever toute entière, à un grand développement d'opérations militaires et de mesures de rigueur.

« Voilà qui est bien jusqu'ici, me direz-vous « peut-être. Mais, où trouver ces deux hommes « si nécessaires à la pacification et au rétablis-« sement de Saint-Domingue, et qui, tous deux, « y aient déjà résidé et s'y soient avantageusement « montrés dans des circonstances orageuses ? » Eh bien, nous les avons, nous les connaissons l'un et l'autre, non personnellement, il est vrai (quant à moi, du moins), mais d'après la réputation justement méritée, dont ils jouissent également l'un, comme homme d'état, et l'autre comme habile administrateur : et, puisque l'intérêt commun et le bien général exigent absolument qu'on les nomme, qu'on les désigne au monarque lui-même, sans recourir, pour cet effet, à l'emploi, souvent douteux ou lent, des voies intermédiaires, et avec l'expression du vœu le plus ardent pour que son choix, à cet égard, se fixe sur ces personnes, je remplirai donc, bien volontiers, ce devoir important, cette obligation essentielle pour tout bon, pour tout loyal citoyen, de dire hautement ce qu'il pense et ce qu'il sent dans tout ce qui peut être, d'une manière utile, relatif à la chose publique.

Je m'expliquerai sur un point aussi intéressant, avec une pleine franchise; et bien d'autres colons de Saint-Domingue, animés du même esprit que moi, seront prêts, je n'en doute pas, à appuyer fortement tout ce que je dirai à ce sujet. Avant que d'aller plus loin, je réitère encore ici l'assurance formelle, la déclaration positive que je ne connais personnellement ni l'un ni l'autre des deux hommes que je vais désigner, et qu'il n'est en mon pouvoir d'en parler que suivant ce qu'à leur égard proclame unanimement la voix publique, et d'après l'opinion motivée qu'en a le plus grand nombre des colons instruits, et dont les dispositions et les vues, en cela, ne sont point à dédaigner, opinion que je partage entièrement avec ces mêmes colons, comme émanée d'un sentiment général, et suffisamment justifiée, d'ailleurs, par des faits authentiques. Maintenant, je dirai donc, en me rendant l'organe de leurs voeux et des miens, dans cette grave occurrence et sur ce point essentiel, que nous oserions tous, hardiment espérer le retour prochain de l'ordre et de la paix dans la colonie française de Saint-Domingue, si le gouvernement daignait confier le soin d'une œuvre aussi importante et dont les résultats éventuels sont incalculables, en bien comme en mal, et en conférer la libre et pleine exécution, à la sagesse, aux lumières, et aux mesures tout à la fois conciliantes et fermes, de M. le Comte d'HÉDOUVILLE, Pair de France, qui a déjà paru à Saint-Domingue (à une époque assurément bien critique), avec toute la dignité d'un représentant de la nation, et qui, depuis, soit comme heureux pacificateur de la Vendée, soit comme honorablement chargé des intérêts de la France dans les pays étrangers, a partout développé les talens d'un chef habile et d'un véritable homme d'état;

Sa Majesté le nommant, à cet effet, Gouverneur-général et son représentant immédiat en la colonie de Saint-Domingue, et lui adjoignant, comme Intendant-général de cette colonie, M. Daure, qui a ci-devant administré la même colonie en qualité de préfet colonial faisant fonction d'Intendant. Ces deux chefs, l'un sous l'influence de l'autre, en ce qui tient à la marche générale des affaires, agiraient de concert ensemble, à l'aide utile d'un conseil intime, qui serait composé de quelques anciens colons, avantageusement connus par leur expérience locale ainsi que par leur bonne conduite, et choisis, dans cette vue, par le Gouverneur-général lui-même.

Je ne crains point d'avancer ici que ces deux administrateurs, militaire et civil, investis, l'un et l'autre, de toute l'étendue de pouvoir indiqué dans le présent écrit, chacun d'eux en ses attributions directes, et pourvus de toutes les instructions analogues à leur honorable mission (le second, ainsi que je l'ai déjà dit, sous l'autorité du premier, dans le mouvement général de l'administration publique), obtiendraient infailliblement, pour prix de leurs efforts combinés et de leurs nobles travaux, sur ce fameux théâtre de tant d'évènemens déplorables, un succès complet et même rapide, en partant, à la tête de l'expédition destinée pour cette colonie et dont j'ai déjà fait mention, au mois d'octobre prochain.

J'indique ce mois d'octobre (1) pour le départ dont il s'agit, comme étant le mois de l'année le plus propre à l'envoi de toute expédition de cette nature aux établissemens européens situés entre les tropiques, tant pour ce qui concerne la facilité du trajet, qu'en ce qui a rapport à l'arrivée et au séjour d'un grand nombre d'Européens transférés par milliers dans ces contrées, où il est infiniment avantageux (pour une masse d'hommes ainsi transportée d'un monde à

---

(1) Si le départ de l'expédition ne peut absolument pas s'effectuer au commencement ou dans le courant d'octobre, il faut, du moins, qu'il puisse avoir lieu dans la première quinzaine de novembre, au plus tard. C'est, là, un avis de la plus grande importance, à l'égard de l'objet essentiel ainsi que du résultat de cette expédition.

l'autre, à travers l'immense étendue des mers) d'aborder et mettre pied à terre dès les premiers jours de la saison tempérée, qui commence avec le mois de novembre, et dure jusqu'à la fin d'avril; pendant lequel espace de six mois consécutifs, le corps suffisamment reposé des fatigues inhérentes au trajet maritime (fatigues moins pénibles, d'ailleurs, en cette saison qu'en toute autre), a eu le temps de s'acclimater et d'acquérir les moyens de supporter l'influence, quelquefois dangereuse pour les nouveaux venus, des six autres mois de l'année.

Et, puisqu'il s'agit ici des moyens propres à conserver la santé, la vie même, des troupes européennes nouvellement débarquées en nos colonies, et spécialement en celle de Saint-Domingue, il est essentiel, il est indispensable, à tous égards, d'indiquer formellement, et de recommander, avec instance, une mesure des plus salutaires à ce sujet. C'est celle de ne faire caserner ces troupes, que le moins qu'il sera possible, dans l'intérieur des villes et sur les bords de mer, durant la première année, au moins, de leur résidence à Saint-Domingue, et de les distribuer promptement en des camps nombreux et fortifiés, au centre des plaines, et, de préférence encore, sur la première croupe des montagnes qui avoisinent ces plaines. Voilà l'infaillible moyen de les préserver du fléau dévorateur de la fièvre jaune et des autres causes destructrices de nos soldats dans ces établissemens d'outre-mer. Cette institution des camps fortifiés et placés, loin des villes, en d'heureuses positions, n'est pas, d'ailleurs, nouvelle; et, de nos jours encore, on voit, en France, en Allemagne, en Angleterre et ailleurs, des traces remarquables de ces établissemens militaires, faits au temps et de la main des Romains, et qui, subsistant depuis environ deux mille ans, attestent, tout à la fois, et la vaste puissance et les vues lumineuses de cette nation essentiellement guerrière, et l'espèce d'immortalité qu'elle attachait à ses œuvres.

Quelques officiers, quelques chefs principaux même, de cette expédition, se plaindront, peut-être, d'un arrangement qui les tiendra souvent éloignés du sein des villes et du théâtre ordinaire des amusemens et des dissipations, auxquels certaines gens sont, par fois, disposés à sacrifier tout le reste. Mais, s'il en était ainsi, on leur répondrait seulement par cet axiome fameux, qui, adapté à l'état politique de l'homme en société, peut l'être aussi bien à son état physique, et auquel il n'est rien que l'on puisse opposer de valable, en l'un ou l'autre sens :

Salus populi, suprema lex esto.

Nos administrateurs, arrivés sur les lieux où ils auront à développer, suivant l'état des choses, et d'après leurs observations à ce sujet, tout ce que pourront leur inspirer de convenable aux circonstances, et leurs lumières, et leur sagesse, et leur fermeté, guides assurés de la conduite qu'ils auront à tenir alors, et le Gouverveur général agissant comme dépositaire de l'auguste puissance du souverain dans cette vaste colonie, puissance qu'il emploiera sans réserve au bien-être général, avec la certitude, à chaque instant confirmée, d'une pleine et entière obéissance autour de lui, tant sur terre que sur mer, il est

3.

à croire, il est, en quelque sorte même, indubitable que ce concert général d'intentions pures, et de la part du chef et de celle des subordonnés, cet intime rapport entre le commandement et la soumission, cet esprit général, enfin, de bien public, d'ordre et d'union, opérerait bientôt les salutaires effets que l'on aurait tout droit et tout espoir d'en attendre. Et l'on devrait cet inestimable bienfait aux soins éclairés, aux rares talens, et au gouvernement sage et ferme de l'homme d'état qui, honoré déjà du titre glorieux de *Pacificateur de la Vendée*, acquérerait encore, pour digne et noble prix de ses nouveaux efforts et de son généreux dévouement au bien général, ce même titre à l'égard de Saint-Domingue, dont le prochain rétablissement deviendrait l'infaillible et brillant résultat de cette heureuse pacification ; œuvre sublime à l'accomplissement duquel contribueraient aussi l'active et efficace administration de l'Intendant général, et les vues éclairées du Conseil colonial.

Mais, enfin, ces deux hommes que, pour l'intérêt commun et instant de la métropole et de la colonie, je viens de désigner, à leur insu, et sans leur participation, qu'ils ne m'auraient point accordée sans doute, au cas que je leur en eusse fait la demande (par cet esprit de modestie et de réserve, inséparable du vrai mérite), voudront-ils accepter une mission aussi distinguée, aussi honorable, il est vrai, que celle dont il s'agit, mais dont l'exécution convenable exige impérieusement tant de soins et de peines, et dont l'issue, heureuse ou défavorable, est liée à tant de chances diverses?... Oui, j'ose au moins le présumer, ils l'accepteront l'un et l'autre, avec une entière abnégation de tout intérêt privé de leur part, avec un zèle correspondant à l'importance de cette mission, quelque onéreux qu'en soit le fardeau, puisque le sort de la plus considérable de nos colonies est inhérent au choix qui sera fait de ses premiers administrateurs, puisque la métropole elle-même a un intérêt éminent à la fixation d'un tel choix, et puisqu'enfin, pour tout dire, et par le fait de ce choix même, ils se verraient, en conséquence, investis pleinement, dans cette solennelle occasion, de l'intime et parfaite confiance du souverain. Eh! quel Français, stimulé, à ce point, par la détermination de son prince, par l'amour de la patrie, et par la voix de l'honneur, mais reculant à l'aspect des obstacles opposés à sa marche, et des travaux capables de les surmonter, pourrait se refuser à un appel aussi glorieux?

Qu'aurais-je à dire de plus après cela? Rien qui puisse ajouter quelque chose encore au vif intérêt qu'inspire l'idée attachée à l'exécution d'un tel projet, conçu et émis pour la restauration prochaine de cette importante colonie. Que d'avantages précieux, incalculables, en résulteraient et pour la France et pour Saint-Domingue! Du reste, mon digne ami, quoique la fortune ait mis entre nous deux une bien grande distance, nous pensons, nous sentons de même à cet égard, vous, riche négociant d'une de nos principales villes de commerce, et moi, pauvre habitant d'une colonie aussi fameuse par l'état d'opulence et de grandeur où elle s'était élevée sous la bienfaisante administration de nos rois (et particulièrement, du bon, du généreux Louis XVI, de ce prince infortuné qui, dans ses malheurs mêmes, se montra sensible à ceux de Saint-Domingue, en les honorant publiquement de ses larmes), que par les désastres inouïs dont cette même colonie a bien tristement payé depuis son éclatante prospérité. Ce plan, d'ailleurs, pourrait être mis à exécution sans d'excessives dépenses, et avec bien moins de difficultés que n'en présentent, dans leurs suspectes et odieuses déclamations, certains individus anti-français, et gagés probablement par les ennemis de leur patrie, pour s'exprimer de la sorte au sujet de Saint-Domingue. Ah! s'il en était ainsi, bientôt de nombreux bâtimens, partis de Bordeaux, de Marseille, de Nantes, de la Rochelle, du Hâvre, de Dunkerque et des autres ports de la métropole, arriveraient, chargés de ses productions territoriales et manufacturées, dans ceux de la colonie, au nombre desquels se présentent en première ligne les rades fameuses du Cap-Français, du Port-au-Prince, des Cayes, et, par suite, celles du Fort-Dauphin, du Port-de-Paix, du Môle, de Saint-Marc, de Léogane, du Petit-

Goâve, de Jérémie, du Cap-Tiburon, de Saint-Louis, de Jacmel, &c., pour échanger fructueusement, comme autrefois, ces productions diverses de la mère patrie, avec les précieuses denrées qui naissent et dans nos montagnes et dans nos plaines, et dont la privation, si onéreuse pour la France et si longtemps prolongée, cesserait enfin de paralyser et son industrie et son commerce, ou d'en faire tourner l'activité, circonscrite et comprimée, vers un but moins relatif à ses véritables intérêts, et, sans contredit, bien moins avantageux pour elle.

Arrêtons nos regards charmés sur cette belle et riante perspective, à la réalisation de laquelle on doit présumer que, pour l'utilité vivement sentie de la métropole elle-même, indépendamment de toute autre considération quelconque, le gouvernement ne tardera point à donner tous ses soins, avec l'entremise active et ferme d'un ministère animé par de grandes vues et s'élevant à leur hauteur (1), de manière que nous puis-

(1) Le ministre actuel de la Marine et des Colonies,

sions voir, conformément à nos espérances et à nos vœux, l'heureux développement de ce favorable avenir, dès les premiers jours du mois d'octobre prochain.

Si, d'ailleurs, je puis vous communiquer,

M. le baron Malouet, est, certainement, un homme bien respectable, à tous égards, et dont le mérite personnel ne date pas d'aujourd'hui. Ses preuves, en cela, sont faites depuis long-temps, et hors de toute discussion. Comme administrateur et comme homme de lettres, il a droit à un juste tribut d'éloges applicables à ce qu'il a, ci-devant, été sous l'un et l'autre rapport. Mais, enfin, il est arrivé à cette époque de la vie, où, après avoir, par de pénibles et honorables travaux, largement payé sa dette à la société, l'homme ne doit plus, en ce qui le concerne, jeter les yeux que sur le passé, et non sur l'avenir, sans rechercher encore ce qui cesse d'être à sa convenance; et il n'aurait pas dû, ne fût-ce que pour son repos et le ménagement de sa santé délabrée, accepter le poste éminent et laborieux qu'il occupe avec peine. Le fardeau qu'il s'est, inconsidérément, imposé, est trop au-dessus de ses forces présentes; il devrait s'en décharger au plutôt. C'est le meilleur conseil qu'aient à lui donner tous ceux qui l'estiment et le vénèrent, en sachant distinguer l'esprit du ministre de celui du ministère, et qui, par conséquent, prennent un sincère intérêt et à la réputation et à la personne de M.r le baron Malouet.

dans quelque temps d'ici, d'autres détails sur le même sujet, ce sera, en ce cas, matière à une seconde lettre, dont le texte pourra bien être celui-ci : « Veut-on, en effet, le rétablissement « prochain de Saint-Domingue, ou non ? » et les conséquences dériveront du texte.

Adieu, mon estimable ami. Que j'occupe toujours, dans votre cœur, la même place qui vous est conservée à jamais dans le mien (1) !

---

(1) Cet opuscule aurait dû être publié, du 1er au 5 de juillet, et ne paraîtra, cependant, qu'au commencement d'août; ce qui n'eût pas eu lieu, sans les entraves mises, jusqu'à ce jour, à la liberté de la presse, et qui, nécessairement, apportent un retard, plus ou moins long, à la publication des ouvrages, et, par conséquent, en détruisent ou, du moins, en atténuent l'à propos.

FIN.

www.ingramcontent.com/pod-product-compliance
Ingram Content Group UK Ltd.
Pitfield, Milton Keynes, MK11 3LW, UK
UKHW021124230726
13926UKWH00002B/636

9 782014 083699